# くちづける

窪島誠一郎 詩集

アーツアンドクラフツ

# くちづける＊目次――

# I

III



装丁◉坂田政則
装画◉窪島誠一郎

# くちづける

窪島誠一郎詩集

# I

# にんげんではない

わたしは
にんげんではない

にんげんが
にんげんを愛し
手の不自由な人のもつ
重い瓶のふたをあけ
杖をつく人の手をひいて
その人の行きたい所につれてゆく
そんなやさしい生きものだったとしたら
わたしは
にんげんではない

にんげんが
にんげんを信じ
花のない人の庭に
その人の好きな花の種をまき
乾ききった池に
水をそそいで帰る
そんなけなげな生きものだったとしたら
わたしは
にんげんではない

にんげんが
にんげんを赦《ゆる》し
よわい者に手をさしのべ
なげく者をなぐさめ
罪をおかした者の肩を抱き
傷ついた者とともに眠る

そんなつよい生きものだったとしたら
わたしは
にんげんではない

にんげんが
にんげんを憎み
一握りの土地のために
幾千万の命を殺りくし
親と子を引き裂いてきた
歴史の愚かさを学ぶ
そんな賢い生きものだったとしたら
わたしは
にんげんではない

にんげんが
にんげんの欲望に負け
ゆたかな海に

悪魔の水をたれながし
みどりの山を焼き尽くしてきた
文明の暴力を恥じて悔いる
そんな勇気のある生きものだったとしたら
わたしは
にんげんではない

愛することを怠り
信じることを怠り
赦すことを怠り
学ぶことを怠り
恥じて悔いることを怠ってきた
わたしは
にんげんではない

わたしは
にんげんではない

# 丘の上の病院から

――辻井喬先生に

丘の上の病院から
ほんのつかのま
死を猶予された詩人から
新しい詩集が送られてきた

新しい詩集だというのに
すでにふちの糸がほつれ
紙は千古の時間をへたように
黄ばんでちぢれていた

「一時帰宅を許されましてね」
詩人は　はにかんだように

自らの生の放擲を語りはじめ
「半月もしたらあっちへゆきます」
人なつこく微笑《ほほえ》む

戦争　軍国　テロ　人権
自由　暴力　蜂起　改革
理想　宗教　破壊　運動
イデオロギー　出征兵士

詩人は自らを押し包んできた
晴れない霧のなかから
暦の端しきれひとつひとつを
探りあて　摑み出し
そのたびに　息を整える

しかも　詩人は
いっぽうでは

経済人でもあったから
ちぎれた暦のつなぎめには
かならず　つぎのような
数値の不条理が顔を出すのだ

前進　建造　生産　社会
GDP　機械　市場法則
核　増大　$CO_2$　未来
復興　コマーシャル

だが
それらの語句は
どこか鈍色《にび》の孤愁に沈み
むしろ詩人の魂のおくの
人間の生の真実を
じつに　したたかに
あぶりだす

「ぼくはいつも
中二階にいる男だったから」
詩人はふたたび
はにかむように微笑んで
そっと詩集をとじ
「あ、そろそろ行かなければ」
と立ち上がる

ただ　おどろいたのは
詩人はその詩集で
ひとことも
近い日にやってくる
己が命の終焉を
憂いても　嘆いても
怕《こわが》ってもいなかったことだ

「そう遠くないうちに僕も入るその空間には
雪が流れているだろうか
緑が滴って澄んだ水に映っているか
一人で去っていくのは別れのひとつの形
それは微風が欅の梢に揺れているようなもの」

表紙の題は
「死について」だったけれども
それは　詩人がのこした
「生について」という詩集だった

# 寄付するひと

その老婦人は私の前にならぶ列の最後尾におられた。何十分かして私の前に立った彼女は、〈迷いに迷ったのですが、貴男のお仕事に少しでも役に立ちたくて〉といって、小さなハトロン紙の封筒を私に手渡した。彼女自身の皮膚を彼女自身の手で削《そ》いだような、薄い薄い封筒だった。〈年金生活者ですので、これが精一杯なのです〉。帰途、封筒をあけると二つ折りの千円札が二枚出てきた。表にも裏にも、名は記されていなかった。〈迷いに迷ったのです〉……私はふいに、何かに衝《つ》きあげられる思いがして佇立した。そして、自分は一生をかけても、この婦人のように〈迷いに迷い〉、〈これが精一杯なのです〉と、信じようとする者の列の、最後尾にならぶ寄付者にはなれないだろうと思った。私は彼女ほど、この世の過ぎゆく実相を信じてはいなかったし、それを信じるフリをして生きる他者をも、信じてはいなかったから。

## 生まれる

永遠と永遠とが、ぐうぜん鉢合わせしたみたいな空間に、ただ水のような淡い旋律がながれ、そこにポツンと小さな灯がともっている。いってみれば、人間の生はそんな一瞬一瞬をつなぎ合わせた、ひどくたよりなげに停止した時間のなかにある、と解釈していいだろう。したがって、自分は実際にはこの世に生まれていないし、生まれてくる理由もなかったのだという、ふしぎな確信が生じる。そこには父もいなければ母もいない、ぷらんと所在なく宙にういた私をとりかこむ、泥のような闇がひろがるばかり。だから私は生まれたときから、自らのこめかみに、いつ引き金を引いてもかまわない模造銃をつきつけている。

# 桜の樹の下

人間は　まぁ
こうしていても
少しずつ死んでゆくわけだけれど
かんじんなのは
日々の　生の態度なんだと
ぼくは　ぼくにつぶやく

すでに熟知している呪文を
もういちど
識《し》り直す、なんて
あぁ　アホらし

そういう意味では
ぼくはずっと昔から
自分の屍体を
「桜の樹の下に埋めた」
あの作家を尊敬していた

私のいのちは
ゆっくり　ゆっくり
億劫な苦役からぬけ出し
ほんの何里か先の
浄土とやらに旅立つ

しだいに腐臭を放ちはじめた
ぼくの生の態度を
おまえは苛立ちながら
じっと　みつめている

ぼくの屍体を埋める
桜の樹は
いったい　どこにあるんだろう

# くちづける

棺に
そっと
くちづける

棺には
一生を終えた
わたしの亡骸が
入っている

棺からは
コツコツと
わたしを呼ぶ

音がする
わたしは
わたしの亡骸と
小さな言葉を
かわす

わたしは
死んだわたしが
生きた歳月の
ふしだらさや
ふまじめさや
ずるさが
許せないと
責めたてる

なぜ

死んだわたしに
あれほど尽くし
労わってくれた
友を裏切り
周りの人々を
哀しませたのかと
詰《なじ》る

棺の中の
わたしは
黙っている

耳をすますと
肩をふるわせ
しゃくりあげ
声もあげずに
泣いているようだ

わたしは
棺のふたを
ゆっくりと閉じ
もう一度
棺に
くちづける

おまえを
今も
許せないけれど
おまえの一生を
今も
蔑《さげず》んでいるけれど

わたしは
おまえを

愛していたよと
つぶやいて

ものいわぬ
棺に
そっと
くちづける

# 水月湖

福井県の
三方五湖のひとつに
水月湖がある

周囲九、八五キロメートル
水深三十四メートル
面積四、一五平方キロメートル

周辺を青深い山系にかこまれ
仔牛の胃袋みたいな形をした
水月湖には
一本の川もそそがず

一切の微生物も棲まず
一ミリの堆積物も沈んでいない
したがって
その湖底には
十五万年も前からの
チリや泥土が
「時」のオブラートを重ねるように
静かに降り積もっている

繁殖するプランクトンの屍《しかばね》
葉、花粉の化石
湖水にふくまれる鉄分
大陸からの黄砂
風にはこばれる火山灰

やがて　それらは
鉱物質の明るい層と

有機物の暗い層とが織りなす
縞模様となって
バームクーヘンのごとき
地層の年輪を現出する

人、それを
「年縞《ねんこう》」とよぶ

水月湖の「年縞」は
過去何万年にもわたって
途切れなく堆積した
生きとし　生けるものたちの生命痕
ゆらぎなき　地球の絶対値

いつ頃からだったか
眠れぬ夜
わたしはふっと

遠い水月湖の　静けさに
耳をすますようになった

暗黒色と群青色が重なる
はるかなる　太古の先へ
キラキラと　舞いおちる
何万ミクロンの
「年月」の微粒子

わたしもまた
眼をこらしても　見えぬ
その一粒となって
瞬《またた》くことなき
湖底の星となる

わたしは　ただ今日も
背をまるめ　息をつめ

聞こえるはずのない
水月湖の　水音に
耳をすましている

## シオダッパァの死

ある雪の朝のこと
産川の　ずうっと下瀬で
シオダッパァが
ぷっかり　ぷっかり
仰向けに　浮いとった

いつもの紬半纏《ばんてん》
ザンバラおでこに
はらはら　白い雪ん子舞ってな
シオダッパァの　頰っぺには
飴んぼうみたいな
涙のツララ　下がっとった

シオダッパァの　骸《むくろ》を
村びとが　やぶれ雨戸にのせて
やつの塒《ねぐら》に　運んできた
なんぼんも　なんぼんも
小さな蠟燭たてられて
ユウラリ　ユウラリ
シオダッパァの　相貌《かお》をゆらしとった

「こいつは　なんで
村に迷いこんだんだべ」
だれかがいうと
「シオダッパァは
眼がみえんかったそうや」
だれかがこたえた

シオダッパァの両眼《め》は

ザンバラ頭に　かくれていたが
ほんとうは　何もかも
見えとった　という者もおれば
やっぱりシオダッパァは
盲目の怪物だった　という者もいた

だれかが
シオダッパァの下駄をぬがして
ぼうんと　焚火にほおると
パァッと　炎があがって
シオダッパァが好きだった
何とかという
若死にした絵描きそっくりの
デスマスクになった

でもな
泣かんでもいい

シオダッパァは　大往生や
知らない土地で
見知らぬ村で
もう百年も　生きたんやから

# 引き籠る

私Aの身体の底に、扉もなければ窓もない、氷点下零度という小部屋があって、私Aは震えながら、一日じゅうそこに引き籠っている。きまって昏《く》れ方になると、内部にむかって流れこんでくる無数の追憶の欠片《かけら》を、完全に遮断しているブ厚い鉄扉のむこうから、顔見知りの私Bがしきりと私Aの名を呼ぶ。私Aは押黙ったまま、ぼんやりと壁に滲む阿修羅のような自分の顔とむき合っている。耳にとどくのは、どこか遠い異土から打ち寄せてくる波の音だが、実はそれは、私Aの過去からひびいてくる数知れぬ死者たちの呼び声である。呼び声は、膝をかかえてうづくまる私Aの足首から、腿へ、胸へ、徐々に全身へと這い上り、やがて私Aの身体は真っ白な記憶の粉末となって砕け散る。何しろ、もう七十余年ものあいだ、私Aはそんな強張《こわば》ったままの姿勢をピクリとも動かさず、じっと息をつめ私Bの訪問を待ちわびているのだ。それはさながら、もう一人の私Bが、私Aの引き籠り解除の鍵をポケットにしのばせていることを、とうの昔から知っているように。

# 開かないポスト

これは
開《あ》かないポストです
手紙を入れても　配達されません

そこに
ぽとん　ぽとんと
今日も　だれかが
手紙を入れてゆきます

だれにも読まれず
だれにも　とどかない
手紙が　どんどん

たまります

だれかに　伝えることも
だれかに　返事をもらうことも
のぞまない
何十、何百という手紙

開かないポストは
そんな手紙を　いっぱいためて
だまって　立っています

# 死後

死後、
といっても
あの世、の
話ではない

わたしの
死んだあとの
この世、の話

わたしが
死んだあと
わたしが養なった

画家たちの館《やかた》は
カナヅチで
あとかたもなく
取り壊されるのか

たとえば
仕事を手伝った
若者のなかに
この館の存命に
手をつくす者が
いるのか

それとも
わたしの親族の
だれかが
さっそうと登場し
わたしの愛用の

椅子にすわり
わがモノ顔に
この館の主になるのか

どちらも
館にならぶ絵たちは
希《のぞ》むまい
絵たちは
わたしの死とともに
消滅する

もんだいは
消滅した絵たちを
もう一ど
この世、に
甦らせる者がいるか
どうか、だ

死んだわたしは
甦らないが
消滅した絵たちが
甦る
ということは、ある

どっちにしても
わたしの
死後、の
話だけれど

# 何が好き？

長大すぎるから
ワーグナーが嫌い
感傷すぎるから
モーツアルトが嫌い
壮厳すぎるから
ベートウベンが嫌い
いったい　あなたは何が好き？

鼻もちならないから
太宰治が嫌い
約束をやぶるから
梶井基次郎が嫌い

何もかも知ってそうだから
村上春樹が嫌い
いったい　あなたは何が好き？

居丈高すぎるから
胡蝶ランが嫌い
ふしだらすぎるから
バラが嫌い
同情を買うようだから
山百合が嫌い
いったい　あなたは何が好き？

自分を天才だと信じている
あの画家が嫌い
ファッション雑誌で脚を組んでいる
あの女流画家が嫌い
荷物を背負わぬ駱駝を描く

あの日本画家が嫌い
いったい　あなたは何が好き?

毎日退屈だから
平和が嫌い
人を殺すのがイヤだから
戦争が嫌い
ミルクが冷めちゃうから
議論が嫌い
いったい　あなたは何が好き?

# 自裁

縊《くび》られた父の
屍体をかこんで
喪服を着た妻や子らが
おっそろしく醒めた顔で
「裏切者」とつぶやき
枯れた花束を　手荒く投げつける

自裁した父の
すっかり瘠せ細った
思想や主義が
一羽の　鳥の嘴《くちばし》に
ついばまれ　食いちぎられ

もはや原形をとどめぬほどの
生の影となって
どこかへ消える

放蕩、といっても
あまりに子供じみて
懺悔、といっても
どこか　その涙は
人騙しの飾りもの
周りの者の
喉の乾きは
少しもおさまらぬ

子らに担がれた
紙の柩が
キシキシと、大袈裟に軋しみ
今にも父の屍体が

コロリと　外へ転げそうだ
もし　そうなったら
だれが　父を拾うの？

# おやすみなさい

もう　それ以上
自分を　欺《あざむ》くことをしないで
おやすみなさい

それ以上　自分を欺くのは
自分を殺すことです
あなたが　あなたを殺すことです

といって
今さらあなたは
過去にめぐり会った風景を
誤まって　他人《ひと》に伝えるわけにはゆかない

あなたの手にふれた
あの感触を　失《な》かったことにはできない

あれは　歴史ではなく
あなたの経験した
ちいさな臨死
タマシイの死なのです

つらいでしょうが
そんな自己矛盾をかかえたまま
どうか　おやすみなさい

自分を欺くことに
すっかり疲れてしまった　あなた
おやすみなさい

# 沈黙

沈黙を
恥ずべきではない
沈黙は　真理の音楽だから
怠惰な言葉よりも
何倍も　耳すます者たちの
心にするどい杭《くい》を打つ

ただし　沈黙は
饒舌の良き理解者でもある
沈黙は　つねに
饒舌の背後から
聴く者の耳にしのび寄る

言葉を　ことさら
畏《おそ》れる必要はない
言葉を　ことさら
侮《あなど》る必要もない
聴く者は　ただ
言葉を　沈黙の水にうかべ
迷うことなく　飲みほせばいいのだ

「しゃべりまくれ」
とうたった詩人の小熊秀雄は
この言葉の運命を
沈黙の意味を
じゅうぶんに
知りつくしていたにちがいない

# 血脈

空気中から
窒素を取り出すように
七〇億個の血脈から
一つの宿命が　取り出される

私は　もはや動かしがたい
己がイノチの虜囚となって
ドス黒い　ひとすじの
遺伝子の河をわたる

じつは　母が妊《みごも》ったとき
私は　すでに死期をむかえた

眼のみえぬ仔犬だったことを
だれも知らない

滔々と　血脈はながれ
これほどに老いし私の
自我となり　怯懦となり
母の乳房を　まさぐる哀しみ

ああ　何たるわが血脈の
罪ぶかさよ

# 罰

私は　すっかり
罰があたったのです

半夜として
安眠をあたえてくれぬ
痒《かゆ》さは　やがて痛さとなって
私をおそうのです

この痒さは　痛みです
ポロポロと　皮膚を剝ぐ
白い鱗屑《りんせつ》の下の
終りのない　痛みです

魂が　痒い
魂が　痛い
どれだけ　許しを乞うても
ポロポロ　ポロポロ

私は　すっかり
罰があたったのです

※鱗屑＝難病の尋常性乾癬による皮膚の角化

II

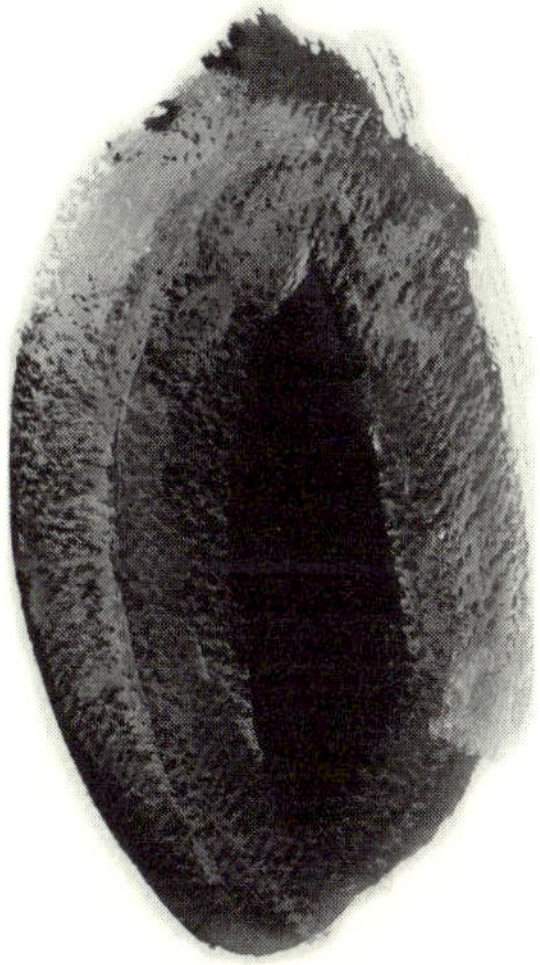

# 絵の伝説

薄ぐろい繊毛に
おおわれた
「歴史」の根にむかって
直立に遡る雨は
今夜も　館の頂を濡らし
閉じられたノオトには
戦火への憎怨だけが
深々と　きざまれる

まだ　その火の輪は
くぐりぬけていないのだと
老いた画家はいう

今さら　あとにはもどれないのだと

七十年を生きた　というな
七十年を　死につづけ
合掌し　横たわる画家の
眼の前の　一枚の画布には
ふつふつと　煮えたぎる
未完の　懐疑劇がある

「死んだやつらを思うとねぇ
いつまでたっても
絵ができあがらねぇんだ
いくら色を足しても
塗るそばから　色がはがれてくる」

画家が描いた
戦場にころがる　裸婦の遺骸は

赫奕《かくやく》としずむ　夕映えのなかに
ぬらぬらとした　血のりをうかべ
「それはそれは
うつくしい風景だったよ」と
画家をうめかせ　哭《な》かせ
暁闇のなかの　記憶の淵に
もう一度
画家をつきおとす

ペインティングナイフに
引き裂かれた　空の一隅は
置き忘れてきた
半折れの曼荼羅図
その襞に　うごめく
顔見知りの　亡者たちは
不浄にみちた　頭蓋を照らしながら
たどたどしい　足どりで

いっぽんの　河をのぼる

「とにかく
戦場で一番つらかったのは
どこを見わたしても
ひとかけらの色もなかったこと
ロシヤの山も　満州国も
まっくろけの土と
まっしろけの雪ばかりだったこと」

終わりのない
哀しみの測量は
今もまだ　凍土の下にねむる
一片のオレンヂを　さがしあて
「あ　ここに色があった」と
歓喜し　追いすがる
一画学兵の古びた　軍靴を

瞬く間に　ちいさな　ちいさな
玩具に変えてしまう

毎夜　訪れてくる
枯骨のむれが
はるかな　流離の旅を終え
ひっそりと
画室の扉を　あけるとき
はなればなれの　月日は
砕けた数珠を
ひとつひとつ　手繰るように
ようやく　細い紐につなぎ
画家にとっての
「戦後」を完成する

# 絵の骨

ホラ、ホラ、コレガ
ボクノホネ、とうたった
詩人がいたが

吊るされた絵から
きこえる　かすかな軋み音は
たしかに　コレガ　ボクノホネ
とうたっている

とにかく
七十年近くも前のことだ
その絵が　かかれた日のことを

だれもおぼえちゃいない
その絵を　だれがかいたかも
だれもおぼえちゃいない

だのに
絵たちは　まるで
昨日の夢に　おびえるように
ひもじげに　もどかしげに
ちいさな　軋み音をたてる
ホラ　ホラ　コレガ　ボクノホネ
とうたうのだ

ふるびた画布のかたすみに
血のりを　なすりつけたみたいな
画家のイニシアルがにじみ
ギシ　ギシ　ポキ　ポキ
ギシ　ポキ　ギシ　ポキ

ホネの哭き声は
そのあたりから　きこえてくる

そういえば
ころがっている馬鈴薯も
水をおおうハスの葉っぱも
テーブルクロスのしわのはしも
人の顔も　身体も
今にも　叫びだしそうに
口をゆがめている

Yのかいた女は
Yが死ぬまで愛した女だったというが
その女の肉叢さえ
名ばかりの青春を　うとむように
何やら　哀訴している
とどかぬ声を　とどかせようと

しきりと　口をとがらせる

Oのかいた浴衣姿の妹は
Oの眼差しから
そっとにげるように
おさない背をねじり
容認できない別れを
掌のなかに　すくいとって
ただみつめている　ばかり

絵はいのち　などというな
いのちは絵　などとはもってのほか
ギシ　ギシ　ポキ　ポキ
ポキ　ポキ　ギシ　ギシ
絵たちは　夜も昼も
たがいのホネを　すりあわせ
せつなげな　哭き声をたてて

止《や》むことがない

しかも
いつごろからだったろう
耳をすますと　絵のホネの音は
ききおぼえのある
赤ん坊だったころの
わたしの　ホネがこすれあう
あの軋み音に　似ているではないか

そうだった
あれは　七十年も前
あふれでた　母の羊水とともに
この世にまろびでた　わたしを
ギシ　ギシ　ポキ　ポキ
ポキ　ポキ　ギシ　ギシ
うけとめてくれた

なつかしい　あの音だ
その音は　一瞬
時空のかなたから　やってくる
まぼろしの　兵馬俑
もしくは　みえない記憶の隊列のように
ボウと　消滅し
わたしを　ギクリとさせる

わたしのホネと
絵のホネが
もつれあい　からみあい
昏い石棺の底に　沈澱し
あふれかえり
けんめいに
出口をさがしている

とうに　ふさがれていたはずの
サビついた　七十年の回路が
ふいに　今　覚醒し
にぶく　ほそい光を
はなちはじめ
わたしは
そのむこうに　よこたわる
歴史の秩序にむかって
だまって　答礼する

絵よ、と
わたしはつぶやく
絵のホネよ、と
足をとめる

絵のホネよ
今こそ　吊るされたおまえの

手首ににじむ
おびただしい血をぬぐい
おまえがぬりたかった
ほんとうの　色を
かぼそい　線を
ゆっくりと　指の先でたしかめ
ふたたび　石棺の底にしずむ
ふかい　闇の時間に
わたしとともに　もどろう

こわれかけているのは
時代か　人間か
問いかけを　わすれているのは
時代か　人間か

ギシ　ギシ　ポキ　ポキ
ポキ　ポキ　ギシ　ギシ

絵が哭く
絵が哭く
ホラ　ホラ　コレガボクノホネ
と、哭く
絵のホネが哭く

# 絵の棺

この棺に入口はなく、出口もない。したがって、内部にある絵の遺骸が、どのように棺に収められたのか、だれも知らない。小さな鍵穴の向こうにひろがる、微かな月明かりのゆらめきに眼をこらすと、長い長い彷徨の時間をあるいてきた若い旅人の影だけが、さらにゆらめいて私の眼にささる。血しぶきが散る。遺骸をくるんだ麻布が、ぬるりとめくれる。棺の底に敷きつめられた闇が、東の間の暁け色にそまって、呂律のまわらぬ舌で雄叫びをあげる。

自分には、机上の七十年だけがあたえられていたのだと思い知る。亡者たちのひきずる月日が、今や泥のように爛れた絵の具の下から、ひそやかな弔歌を奏ではじめる。亡者の歌は棺にじゅうまんし、一すじの呪詛の声となって、天空にあふれる。かれらの魂は、出口のない棺から、どうやって天空にのがれたのか。耳をすますと、重い石蓋の裏からしたたる記憶の水滴が、ポツリポツリ、置き去りにしてきた幾千万の亡者の背にふりそそぐばかりなのだ。

いったい、だれをどのように罰すべきか、ふりあげた木槌の首がコロリと地平にころがる。私の位置からはみえぬ藍や朱や黄が、過去へ過去へと渦巻いてながれ、生と死のてんびん棒にひっかかる。これはゴッホか、セザンヌか、見覚えあるタッチだぜと、吃音するように画家がつぶやく。描ききることなく措《お》かれた絵筆は、立ちならぶ執行猶予者の背にまじって、ふさがらぬ傷口をおさえたまま佇立する。ぼくらはどこへ、だれの手で運ばれてゆくのですか。

# 絵の棘

わたしは　今
わたし自身の
「解体」をせまられている
ほそい隧道《トンネル》のおくから
ひたはしってくる
無数の絵たちに

想像してみるがいい
どの絵も
繃帯におおわれた
画肌の下の　自傷のあとを
けっして　曝け出そうとはしない

不遇だった過去を　あかそうとしない
それどころか
ニタリと嗤《わら》って　問うのだ
おまえこそ　どこにゆくのかと

おそろしい　沈黙の途絶と
不確かだが
それだけは　はっきりとしている
何十年もの　生命の濫費
いのちの　むだづかい
直線上にならぶ
物いわぬ　死者　死者　死者
わたしは　その詰問からのがれようと
さっきから　思わせぶりな
咳ばかりしている

では

「解体」した
わたしの　行き先はどこか
問うてみても　答えはない
乾ききっていない
絵肌のおくの
藍だの　黒だの　朱だのの絵の具が
ちりぢりになった
わたしの臓器に　からみつくだけだ

たどたどしく
画布の上を這う　いっぽんの線は
わたしの逃げ場を　ふさぐように
ななめに　はすに
わたしのすごしてきた　無為な月日を
緊縛し　きりきざみ
一個の標本箱に
無造作に　ほおりこむ

いったい　絵たちは
いつから　わたしを監視していたのか
どこから　ここへ
わたしを　曳航してきたのか
まさか　あの戦場の
囲いのない　兵站病院の
すりきれた　ベッドからではあるまい
あそこには　一個の絵の具箱も
一冊のクロッキー帖も
しまいこむ空間などなかったはずだから

絵は　それらの問いに
ひたすら　黙秘している
わたしも　ただ　だまっている
だまって　かれらをみつめている

今さらだが
七十年の沈黙は
描かれた絵と　わたしとのあいだに
埋めようない　決壊をもたらし
追っても　追っても
ふしぎな　境界線を
しらじらと　あぶりだす
かれらの「死」と　わたしの「死」とが
そっちにむかって
からみあって　堕ちてゆく

いかんせん
焦土の涯から　とどく
永遠など　にせもの
ついせんだってまで
納戸のすみに　クルクル丸められていた
画布の束が

たちあがり　そそりたち
潜望鏡でも　のぞくように
堕ちたわたしを　ながめている
凍結された　悔悟の一刻《ひととき》

ふかい　魂の地層を
ほりおこし　さぐりあてた
これっぽちの　麻袋に
一生分の　不浄な血は
今　ようやく
つめこまれたばかりだ

とっくに　帰還の時は
過ぎているのに
絵たちが　そこにとどまるのは何故?
ささくれた絵の棘が
わたしの臓腑に

ふかく　するどく突き刺さり
隧道のおくの　仄かな明るみから
わたしにむけられている　銃口は
ピクリともうごかない

# 絵誉め

絵誉め、という職業があるのをご存知か。とかく評判の絵となると、爬虫類みたいな目と舌で、画面のすみからすみまでを舐めまわし、絵から離れたり近づいたり、思わせぶりに内ポケットから黒縁眼鏡を取り出し、一コトも物言わず、ふむふむと二どほど頷き、唸る。肝心なのはこのふるまいのあいだに、絵誉めの口から一ども言葉という言葉が発せられぬこと。了解や肯定や諒承のサインを出さず、拒否、拒絶、敬遠のそぶりもみせず、ただ溜め息のような沈黙のなかで、あるときは首をかしげ、あるときは一どかけた眼鏡を外して腰をかがめる。そのときの表情は、とっくに画家との示し合いがついているような、どこか演劇的すぎる確信と、画家の仕事の立派さに対する無条件の敬意がみちみちている。一ど味わった恍惚の瞬間（じつは妥協の瞬間）をけっして手離すまいといったふうな、その領域に入った絵誉めだけがもつ自尊心の蠢めき。こういう絵誉めがいなければ、ピカソもマチスも、何とかいう中国の風景ばかりを描いているあの日本画家だってお手上げのはずだ。

# 眼の轍《わだち》

——彫刻家Wに

愚問だが
キミは「線」の永遠を
それほど信じているのか

それとも
「形」の歪みを
心から歓迎しているのか

感情とリズムの
しのびやかな決壊
交わることのない視線は

時間という空間に
執ようにからみつき
たわわな臀《しり》、下腹、踝《くるぶし》が
ペンの先で　軽くはぜる

いっそ
白紙撤回できればいいのだが
それでは　間に合いそうにない
一瞬の知覚
逃げてゆく　計測線

つまり
描く手と　消す手とが
つねに等価な重みをもつこと
今日も　また
性懲りなく

明晰と不整美のあいだを
行ったり来たりしている
キミの　眼の轍

# 棄郷のひとよ

——画家Tへ

だれでも
一度　みなしごにならなければ
ふるさとを　愛せない

あなたがえがく叢林は
まるで　過去をたばねた
百本の絵筆　千個の絵の具
あなたのきざむ　山の稜線は
二度と　ふりかえらぬ
少年の日にみた　青い夕焼け

棄郷のひとよ
時をかきわけてすすむ　あなたの
ななめ前方に　ほら
あなたを待ちわびる
なつかしい　聚落の
茶色い棟がわら
三角波の　あわだつごとく
わきかえり　わきかえり
村のひとびとが
祝の爆竹を鳴らしている

棄郷のひとよ
もう　それだけ
月日は経ったのだ
閉じられた　空白の日記を
ゆっくりと
ゆっくりと　なぞる

どこかに　仕舞いこまれた
忘れものをさがすように
ゆっくりと　なぞる

いまこそ
極彩色の衣をぬぎすて
おそろしく透明な　群青と藍の
天のつららを　よじのぼれ
どこまでも　どこまでも
よじのぼれ
棄郷のひとよ

やがて　消えてゆくかもしれない
光と影の　影と光の
つづら折れる　ほそみちを
あるけ　あるけ

# 棄郷のひとよ

# 樹ものがたり

——画家Tへ

あなたの　眼の前に
一枚の墨がみを
切りさくようにのびる
なんぼんもの　樹がみえる

それは
樹のいのちの　水源をさぐる
あなたの　旅のはじまり

といって
あなたは　あなたのまま
そこにいればいい

やがて　樹の枝葉の先から
こぼれおちる
透明な樹液のしたたりが
あなたの　あなた自身の
いのちを
くるみつつむまで

樹々は
闇よりも濃い闇いろの中を
自在にくぐりぬけ
無限につづく歳月を
ゆっくりと
生きはじめる

その証拠に
耳すますがいい
無数にからみつく

樹皮の下の血管
かすかな　銀箔の糸
トクトクと　脈打つ
樹たちの呼吸音

そう
群立する木立ちは
明日を生きる
あなたの
一生ぶんの糧となり
幾千年の鼓動を
高々と　うちならす

重い天にたなびく
グレィの雲と
ほのかな　朱色にそまる
修羅の木霊

ひっそりと　羽をやすめる
塑像のごとき小鳥　小鳥
たがいに寄り添い
たしかめあう
ほんの一瞬の
樹々の精と　精の衝突
そこから発せられる
にぶい光
あつき　いのちの噴出

きっと
あなたは　みるだろう
もがくように
焼け空の果てをめがけ
満身の性を　ほとばしらせる
樹たちの　あまりにも無垢な
まっすぐな　激情と

地中にねむる
あらゆる生きものたちの
生を恋うる歌を

さて　さて
ものがたりの終章だ

樹たちは
いっせいに
幹を震わせ　立ち上がり
あなたにむかって
くるおしく　枝をのばし
せつなく
葉の茎をゆすり
あなたの　たましいを
抱きとめようとする

何という　静寂だろう
何という　昂ぶりだろう
地の乳房を　ワシづかむ
たくましき　樹の牙よ
野太き　かいなよ
過去より　明日へとたどる
樹の血脈の回路よ
あなたが
生まれる前の　記憶をもたぬように
枯れ落ち　土に還った樹たちは
死後の記憶をもたない

記憶のない過去から
記憶のない明日へ
いま　そそりたつ
樹木という炎
あなたという人生

# より、彼方へ

——画家Tへ

より、彼方へ、　といいかけて
口をとじる
あなたは　どこにも飛び立たず
利休鼠とバーミリオンの
おしゃれなコントラストの翼を休め
ただそこにいる
そこにいつづけて　動こうとしない
あなたは　そうして
あなたの好きな風景と
ひそやかに　同化する

風か？　あの音は
いや　風ではないだろう
凍てた樹林をゆするのは
遠い記憶の奥に
置き去りにしてきた
あなた自身の　幼い影
あの日　つまだちしてながめた
ふるさとの川
流れ葉の裏にこびりつく
なんだか知らないが　小さな虫

いずれにしても
あなたは　あなたでありたい
ただ　それだけなのだ
連綿とながれる日常の
いわば源流をめざして
抜き手きる　絵筆の旅人よ

ぞんぶんに
えがきつくすがいい
おのれの　倚りかかる
無数のいのちがやどる
あの孤木を
あの小さき花たちを
あの　まんまるき里山を

そう
ぞんぶんに
ぬりつぶすがいい
描きつくすがいい
あなたが　言葉をかわす
黒鉛ツブのひかりと
もえたぎる　膠いろにみちた
あの風を　あの空を

かくて
より、彼方へ
あなたは　飛び立つ
パサリとも　はね音をたてず
はろばろとひろがる
永遠の一瞬へ
まっすぐに飛ぶ

あなたは
今　あらたなる
ま白き雲肌麻紙をたずさえ
まっすぐに飛ぶ
より、彼方へ

# 隠された「地誌」

いくえにも
かさねられた
セロファンの下に
何千年も隠されてきた
一冊の「地誌」がある

画家の指は
おそる　おそる
塩水と土とにまぶされた
緑黄色のページをめくり
あ、ここにもあった
ここにもあった、と

うっかりすると
見過ごしてしまいそうな
小さな小さな
追憶のかけらを
追いかけ　追いかけ
子どものように　はしゃぐ

何千年も前の
その「地誌」には
もう一つ
隠された扉があり
そこには　過去につづく
未知なる色彩のうごめき
朽ちたテラコッタ
錆いろの古代土器にしずむ
なつかしい　生き物たちがいる

画家は　それらの
棲息の気配に
とうに気づいていて
しきりと　眸《め》をこらす

そうしているうちに
いよいよ凍てた水面《みずも》に
浄々たる　月明かりはみち
垂直に　ほとばしる
藍の青
朱のネズミ
深きバーミリオン
淡きゴールド
クリームな赤

あたかも　それは
「地誌」の余白を

ほのかに　うずめる
春　夏　秋　冬　の
臨月を待つ
画家の祝祭のようだ

# 「無言館」

ムゴンカン、という名はどうして付けられたのですか、と問われるたびに　私は逃げ場を塞がれた鳥のように怯えうずくまる。すべての枝葉を取り払った裸樹からは、もはや一片の実りも落ちてこない。ムゴンカンは、何者かに命名されたのではなく　ここにならぶ戦死者たちの地籍名、いや、かれらに最初から用意されていた墓碑銘のようなもの、とつぶやいて口をつぐむ。だいたい、それに答えることじたいが、命名者の私自身が、かれらの絵に猿轡をかませることになりはしないか。かれらがすごした濃密なあの時間の、一人の闖入者も許さなかったあの空間の、総称としての「無言」の自由を奪うことになりはしまいか。私が怯えてうずくまるのは、七十年を経過した今も、壁にならぶかれらの沈黙に、変わらず無為な「おしゃべり」を強要する人びとへの狽《うろた》えからなのだ。

# Ⅲ

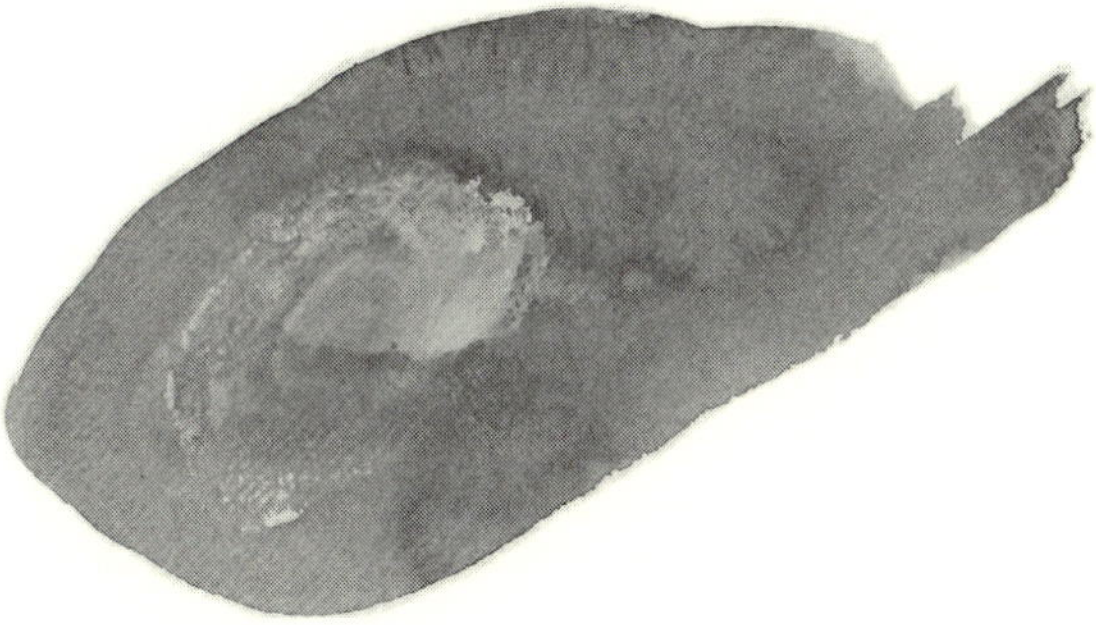

# 人は絵を描きたい

人はみな　絵を描《か》きたい
生きている　自分を描きたい
生きている　仲間を描きたい
生きている　世界を描きたい
愛する　ちちははを描きたい
愛する　ふるさとを描きたい
愛する　あなたを描きたい

一台の戦車も　一つの武器も
傷つける者も　傷つけられる者もいない
この地上に　生きるものすべての
笑顔を描きたい

人はみな　絵を描きたい
おとずれる　明日を描きたい
おとずれる　未来を描きたい
おとずれる　季節を描きたい
あの日の　思い出を描きたい
あの日の　夕焼けを描きたい
あの日の　ふたりを描きたい

憎しみも争いも　銃も剣も
飢えている人も　故郷《くに》を失なう人もいない
この地上に　生きるものすべての
いのちを描きたい

人はみな　絵を描きたい
人はみな　絵を描きたい

# 半分の自画像

兵士が描いた絵は
どれもが　描きかけの絵だった
祖国で別れた　ちちははの顔も
描きかけの絵だった
なつかしい　ふるさとの山や川も
半分しか　描かれていなかった

焼け焦げて　ちぎれたカンバスには
死んだ兵士の顔が
半分だけのこされていた

兵士が描いた絵は

どれもが　色のない絵だった
幼い頃みた　夕焼けの空も
色のない絵だった
わすれない　恋びとの髪や頬も
半分しか　塗られていなかった

焼け焦げて　ちぎれたカンバスには
死んだ兵士の顔が
半分だけのこされていた

焼け焦げて　ちぎれたカンバスには
死んだ兵士の顔が
半分だけのこされていた

# 糞尿譚

戦争ときいて
思いうかぶ風景は
人が人を殺す
血まみれの風景ではなくてね

肋膜を患って
満州から故郷に帰ってきたとき
町じゅうに糞尿があふれていた
その情景が忘れられないんだ

何しろ
肥え桶を担《かつ》ぐ若い男は

みんな戦争にとられていたから
のこっているのは病人と女、子供ばかり
汲み取りをしてくれる
役場の人間もいなくてね
あちこちの肥え壺が
あふれかえっていた

だから
ヨソの家で糞をしてくるという
不埒《ふらち》な奴が続出する
自分の家で用を足さず
わざわざ知り合いの家に行って用を足す
それが原因で
あちこちでモメゴトがおこったり
殴り合いになったり

町じゅうに

糞尿があふれかえり
糞をめぐって人々がケンカする
あれがぼくの見た
戦争の風景だったね

# 騙り部

わたしたちの　くには
これまで　一ども
ほかのくにの　ひとをころしたり
子どもたちを　飢えさせたことは
ありませんでした
わたしは　騙《かた》り部《べ》です

わたしたちの　くには
自らすすんで
せんそうをしたことはなく
ほかのくにを　侵略したり
占領したり　したことはありませんでした

わたしは　騙り部です

わたしたちの　くには
ゲンパツという　とてもべんりな
はつでん施設をつくって
いままで　これといった事故もなく
幸せな文明生活を　おくってきました
わたしは　騙り部です

わたしたちの　くには
せんそうの　焼け跡から
みんなで働いて　立ち上り
ほかのくにの　力を借りないで
豊かな世の中を　つくることができました
わたしは　騙り部です

わたしたちの　くには

貧しい人なんて　ひとりもなく
だれもが　平等で
差別のない　思いやりのある
めぐまれた生活をおくっています
わたしは　騙り部です

わたしたちの　くには
どんなことがあっても
わたしたちの　いのちを守り
国民の幸福を　第一に考えてくれる
信頼できる　くにです
わたしは　騙り部です

# なぜですか

欺《あざむ》きのコトバで　人を殺すことを
平気で許すのは
なぜですか

ふるさとを追われた人々に
今もふるさとが　あたえられていないのは
なぜですか

「核」を持ち込ませないといっているクニに
「核」施設がたくさんあるのは
なぜですか

暑い八月がくると
私たちの心までが　ヒリヒリと焼けつくのは
なぜですか

おクニのためにと　出征した若者が
食料も武器もあたえられずに　死んだのは
なぜですか

傷ついて戦地から　還ってきたあなたが
人を傷つけたことを　語らないのは
なぜですか

ひもじい子どもたちのニュースをみながら
私たちが　幸せな食卓を囲《かこ》んでいられるのは
なぜですか

愚かな「戦争」を

反省することを「自虐」とよぶのは
なぜですか

私の父や母に
兄や弟に
愛するあの人に
死を強いるのは
なぜですか
私に死を強いるのは
なぜですか

欺きのコトバで　人を殺すことを
平気で許すのは
なぜですか

# こわれそうなもの

父が聴いていた　古いレコード盤
窓辺に置かれた　可愛いマグカップ
中学時代の　フタのない筆箱
時々止まってる　茶の間の古時計
半分とけてる　親子の雪ダルマ
かたむいた机　片脚だけの椅子
七十年前につくった　私たちの憲法

こわれそうになっても
こわしちゃいけない　私たちの憲法

母が使っていた　底のへこんだ鍋

だれかから貰った　手さげ鞄のカギ
セロファンを貼った　ガラスの万華鏡
紐のきれそうな　バスケットシューズ
あなたと別れた　一人だけの明日《あした》
バネの出たソファ　ヒビ割れた額ブチ
七十年前につくった　私たちの憲法

こわれそうになっても
こわしちゃいけない　私たちの憲法

こわれそうになっても
こわしちゃいけない　私たちの憲法
こわしちゃいけない　私たちの憲法

# マフラー

戦争から還《かえ》った　おじいちゃんの
形見のマフラーを
おばあちゃんは
だいじにしています

毛糸で編んだ　古いマフラーは
ところどころが　ほころびて
頬にあてると　ふしぎな匂いがします

おじいちゃんが
マフラーを巻いていたことは
あまりないそうです

マフラーを巻くと
涙が出てくると
いっていたそうです

遠い戦場で
見知らぬ中国の人から貰った
古い毛糸のマフラー
思い出したくないことが
いっぱい詰《つま》った　毛糸のマフラー
おじいちゃんは
時々マフラーをみつめて
悲しい顔をしていたそうです

でも　おじいちゃんは
そのマフラーを　捨てずに還ってきた
つらい　つらい思い出の
毛糸のマフラーを

首に巻いて還ってきた

マフラーにさわると
七十年も前の
おじいちゃんの悲しい思い出が
私にも伝わってきます

おばあちゃんが死んだら
おまえがこのマフラーを
だいじにしてゆくんだよ、と
おばあちゃんがいいます

そっと
マフラーを耳にあてると
「戦争はぜったいにイヤだ」という
おじいちゃんの　声がしました

# 抱きしめよう

愛する人を　抱きしめよう
泣いている人を　抱きしめよう
さみしそうな人を　抱きしめよう
かなしみを　よろこびを
くるしみを　にくしみを
抱きしめよう

今　ここに生きている
人間ぜんぶ　抱きしめよう
両手でギュッと　ギュウッと
抱きしめよう

失なわれたあの日を　抱きしめよう
うばわれた思い出を　抱きしめよう
ちいさな「地球」を　抱きしめよう
かなしみを　よろこびを
くるしみを　にくしみを
抱きしめよう

今　ここに生きている
人間ぜんぶ　抱きしめよう
両手でギュッと　ギュウッと
抱きしめよう

水をもとめる人を　抱きしめよう
ひもじい子たちを　抱きしめよう
見知らぬ国の友を　抱きしめよう
かなしみを　よろこびを
くるしみを　にくしみを

抱きしめよう

今　ここに生きている
人間ぜんぶ　抱きしめよう
両手でギュッと　ギュウッと
抱きしめよう

今　ここに生きている
人間ぜんぶ　抱きしめよう
両手でギュッと　ギュウッと
抱きしめよう

## あとがき

旧臘二十三日の午後五時半、私はとつぜんのクモ膜下出血に斃《たお》れた。たまたま斃れたのが、長野市内でひらかれたある集会の記者会見の席上という場だったので、私はすぐさま救急車で病院に搬送されて緊急手術、辛うじて一命をとりとめた。あと十分遅かったらダメだったそうだ。強運とはこのことだろう。今ではこの通り、会話にも手足にもまったく障害のないぴんしゃんした身体で生きているのである。

クモ膜下出血では、妻の弟も亡くなっているし、親しい友人や知り合いが何人も命をおとしている。たとえ生還しても、半身にマヒがのこったり、言葉が不自由になった人も多い。それほどの大病に見舞われながら、私は無傷で「生きのこった」のだから、よほどツイていたというしかないのである。

そんな強運男の退院を待っていてくれたのが、この詩集の上梓だった。もちろんここに収められているのは、私が病にたおれる以前に書いた作品ばかりだから、「生」だの「死」だのといっても、今読むとどこか呑気で他人ゴトのような響きがあるのだが、それはそれで私が「死出の旅」に出る前の、いわば旅支度のあいまの言葉として読んでもらうしかないだろう。逆にいうなら、こうした詩を書いていた男が、まさにあと半歩で死の世界という三途の川の辺《ほとり》まで、二泊三日の小旅行をしてきたのである。

私はこの詩集に収められた三十余編の詩を書き終えたあと、とつぜん血を噴き出した脳血管の頭をかかえて、ピーポピーポと鳴る救急車に乗せられた日の恐怖と絶望を、一生忘れない。

もともとこの詩集は、これまでに何冊かの本を出してもらっているアーツアンドクラフツ社の小島雄さんが、以前から刊行を約束してくださっていたもので、その準備の過程で私が病にたおれたというわけだった。私は二十代のときに二冊の詩集を出したのが初めての出版で、その後は美術評論やエッセイや小説を書き散らしてきた男なので、今回こうした形で半世紀ぶりに詩集の出版が実現したのはうれしい。どの作品も未消化なものばかりで、満点をあげられる詩など一篇もないのだが、これもまた生きていてこその創作の歓びである。

私は小島さんから、あらためて「書く」という生命をあたえられた気がしている。

二〇一六年三月

窪島誠一郎

**窪島誠一郎（くぼしま・せいいちろう）**

一九四一年、東京生まれ。印刷工、酒場経営などへて、一九六四年、東京世田谷に小劇場の草分け「キッド・アイラック・アート・ホール」を設立。一九七九年、長野県上田市に夭折画家の素描を展示する「信濃デッサン館」を創設、一九九七年、隣接地に戦没画学生慰霊美術館「無言館」を開設。二〇〇五年、「無言館」の活動により第五三回菊池寛賞受賞。

おもな著書に「父への手紙」（筑摩書房）、「信濃デッサン館日記」Ⅰ〜Ⅳ（平凡社）、「漂泊・日系画家野田英夫の生涯」（新潮社）、「無言館ものがたり」（第四六回産経児童出版文化賞受賞・講談社）、「鼎と槐多」（第一四回地方出版文化功労賞受賞・信濃毎日新聞社）、「無言館ノオト」「鬼火の里」（集英社）、「無言館への旅」「高間筆子幻景」「父　水上勉」「母ふたり」「「自傳」をあるく」（白水社）、「夭折画家ノオト」「蒐集道楽」（アーツアンドクラフツ）など多数。

くちづける

2016年4月10日　第1版第1刷発行

著者◆窪島誠一郎《くぼしませいいちろう》
発行人◆小島　雄
発行所◆有限会社アーツアンドクラフツ
東京都千代田区神田神保町2-2-12
〒101-0051
TEL. 03-6272-5207　FAX. 03-6272-5208
http://www.webarts.co.jp/
印刷・製本　シナノ書籍印刷株式会社


ISBN978-4-908028-12-0　C0092

---

## 夭折画家ノオト

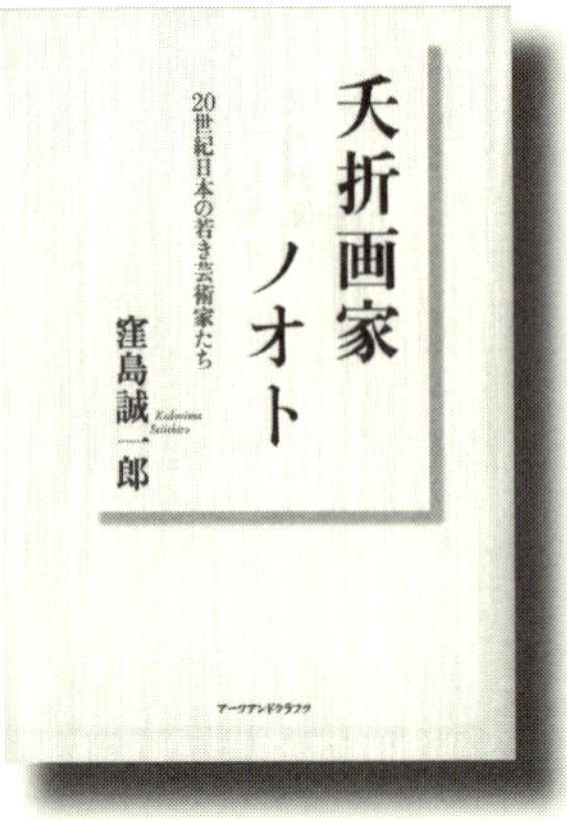


20世紀日本の若き芸術家たち

A5判並製カバー装
カラー口絵12頁　本文296頁
定価2,800円＋税
ISBN978-4-901592-74-1　C0070

**第一人者による〈夭折画家〉の集大成**

日本に西洋美術が根づきはじめた20世紀前半、若者たちは自分独自の表現をめざし悪戦苦闘を続けていた。本書は、そんな彼らの中でも若くして倒れた〈夭折画家〉たちの生涯を、作品とともにたどる。著者はときに、作品と出会った自らの青春と重ね合わせ、あるいは経営する信濃デッサン館・無言館のエピソードと絡めて、訥々と綴る。

---

## 蒐集道楽（しゅうしゅうどうらく）

わが絵蒐めの道

四六判上製カバー装　本文256頁
定価2,200円＋税
ISBN978-4-901592-97-0　C0070

**絵と借金と美術館と**

村山槐多、関根正二、松本竣介、野田英夫、神田日勝など近現代の画家たちのコレクションをはじめ、戦没した画学生の絵までを蒐集し、信濃デッサン館、無言館を建築・収蔵・経営する。満身創痍の蒐集来歴を綴ったエッセイ。